坂口安吾著

青鬼の褌を洗う女

よはく舎

青鬼の褌を洗う女

匂いって何だろう？

私は近頃人の話をきいていても、言葉を鼻で嗅ぐようになった。ああ、そんな匂いかと思う。それだけなのだ。つまり頭できき、とめて考えるということがなくなったのだから、匂いというのは、頭がカラッポだということなんだろう。

私は近頃死んだ母が生き返ってきたので恐縮している。私がだんだん母に似てきたのだ。あ、また――私は母を発見するたびにすくんでしまう。

私の母は戦争の時に焼けて死んだ。私たちは元々どうせバラバラの人間なんだから、逃げる時だっていつのまにやらバラバラになるのは自然で、

四

私はもう母と一緒でないということに気がついたときも、はぐれたとも、母はどっちへ逃げたろうとも考えず、ああ、そうかとも思わなかった。つまり、母がいないないという当然さを意識しただけにすぎない。私は元々一人ぽっちだったのだ。

私は上野公園へ逃げて助かったが、二日目だかに人がたくさん死んでるという隅田公園へ行ってみたら、母の死骸にぶつかってしまった。全然焼けていないのだ。腕を曲げて、拳を握って、お乳のところへ二本並べて、体操の形みたいにすくませてもうダメだというように眉根を寄せて目をとじている。生きてた時より顔色が白くなって、おかげで善人になりましたというような顔だった。

気の弱いくせに夥しくチャッカリしていて執念深い女なのだから、焼けて死ぬなら仕方がないけど、窒息なんて、嘘のようで、なんだか気味が悪くて仕方がなかった。あの時から、なんとなく騙されているような気がしていたので、近頃母を発見するたびに、あの時の薄気味悪さを思いだす。

私が徴用された時の母の慌て方はなかった。男と女が一緒に働くなどというと、すぐもうお腹がふくらむものだというように母は考えているからである。母は私をオメカケにしたがっていた。それには処女というものが高価な売物になることを信じていたので、母は私を品物のように大事にした。実際、母は私を愛した。私がちょっと食欲がなくても大騒ぎで、洋食屋だの鮨屋からおいしそうな食物をとりよせてくる。病気になるとオロオロして戸惑うほど心痛する。私に美しい着物をきせるために艱難辛苦を意とせぬ代り、私の外出がちょっと長過ぎても、誰とどこで何をしたか、根掘り葉掘り訊問する。知らない男からラヴレターを投げこまれたりして、私がそれを母に見せると、まるで私が現に恋でもしているように血相を変

六

えてしまって、それからようやく落着きを取りもどして、男の恐しさ、甘言手管の種々相について説明する。その真剣さといったらない。

私はしかし母を愛していなかった。品物として愛されるのは迷惑千万なものである。人々は私が母に可愛がられて幸福だというけれども、私は幸福だと思ったことはなかった。

私の母は見栄坊だから、私の弟が航空兵を志願したとき、内心はとめたくて仕方がないくせに賛成した。知人や近隣に吹聴する方がもっと心になっていたからである。夜更けに私がもう眠ったものだと心得て起き上って神棚を伏し拝んで、雪夫や、かんにんしておくれなどとさめざめと泣いたりしているくせに、翌日の昼はゴムマリがはずむような勢いでどこかのオバさんたちに倅の凜々しさを吹聴して、あることないこと喋りまくっているのである。

私は徴用を受けたとき、うんざり悲観したけれども、母が私以上に慌てふためくので、馬鹿馬鹿しくて、母の気持が厭らしくて仕方がなかった。

私は遊ぶことが好きで、貧乏がきらいであった。これだけは母と私は同じ思想であった。母自身がオメカケであるが、旦那の外にも男が二、三人おり、役者だの、何かのお師匠さんなどと遊ぶこともあるようだった。私にすすめてお金持の、気分の鷹揚な、そしてなるべく年寄のオメカケがよかろうという。お前のようなゼイタクな遊び好きは窮屈な女房などになれないよというのだが、たって女房になりたけりゃ、華族の長男か、千万円以上の財産家の長男の奥方になれという。特に長男でなければならぬというのである。名誉かお金か、どっちか自由にならなけりゃ、窮屈な女房づとめの意味がないというのだ。浮草稼業の政治家だの芸術家はいくら有名でもいつ没落するかも知れないし貧乏で浮気性で高慢で手に負えないシロモノだという。会社員などは軽蔑しきっており、要するに私がお金のない青年と恋をするのが母の最大の心痛事であり恐怖であった。

私は女学校の四年の時に同級生で大きな問屋の娘の登美子さんに誘われてゴルフをやりはじめた。ちょっと映画を見てきても渋い顔をする母が私の願いを許したのは、ゴルフとは華族とか大金満家とか、特権階級というものの遊びで貧乏人の寄りつけないものだと人の話にきいて知っていたからで、だから高価なゴルフ用具もまったく驚く顔色もなく買ってくれた。

独身の若者には華族であろうと大金満家の御曹子であろうと挨拶されてもソッポを向くこと、話しかけられてもフンとも返事をしないこと、その一日の出来事を報告して母の指示を仰ぐこと、細々と訓示を受けたが、実は御年配の大金満家か大華族に見染められればいいという魂胆で、女学生だけ二人づれでゴルフに行くなんて破天荒の異常事だということなどは気がつかないのだ。ガッチリ屋のくせに無智そのものの世間知らずであった。

あいにくなことに御年配の華族や大金満家には御近づきの光栄を得ず、三木昇という映画俳優と友達になった。美貌を鼻にかけるだけが能で、美貌が身上だと思っており、芸術についての心構えが根底に失われている。ギターが自慢で、不遇なギター弾きの深刻な悲恋か何か演じれば巧技忽ち一世を風靡して時代の寵児となるのだけれども、それが分りすぎるから同僚の嫉みに妨げられて実現できないのだという。ギターをきかせるから遊びにこいとしつこくいうので二人そろって行ってみたが、話の外の素人芸で、当人だけが聴きほれて勝手なところで引っぱったり延ばしたりふるわせたり、センスが全然ないばかりか、悪趣味のオマケがあるだけだった。

三木は私を口説いたが拒絶したので、登美子さんを口説いてこれも拒絶された。私は黙っていたので、登美子さんは自分だけだと思って自慢顔

一〇

に打開けたが、私は三木の薄ッペラなのが阿呆らしくなっていた折だから、その後は交際はやめてしまった。まもなくゴルフの出来ないような時世になって、やがて女学校を卒業したが、登美子さんは拒絶しながら、しかし内々得意になってその後も交際をつづけていた。そして私が登美子さんに誘われてももう三木と遊ばなくなったのを、嫉妬のせいだとうぬぼれていたが、私も三木に口説かれたことがあったわ、たぶんあなたよりも先に、といってもそれも嫉妬のせいだと思い、三木に訊いたけどそんなこと大嘘だといったわよといって、鼻をひくひくさせていた。それ以来は一そう得意で、三木の実演だ、研究会だ、というような切符を昔は十枚三十枚ぐらい買ってやっていたのを、百枚二百枚三百枚、五百枚ぐらい買うようになった。パトロンヌ気取りで、時計や洋服を買ってやったり、指環を交換しあったり、お金もやったりしていたようだが、温泉だの待合へ泊るようになり、しかし処女はまもっているのだと得意であった。そういう時には私に連絡して私の家へ泊ったように手配しておく。それを私達はアリバイとよんでいたが、私もしかし登美子さんに私のアリバイをたのむことにしていた。

私は登美子さんにアリバイをたのんだけれども、誰とどこで何をしたということは一切語らなかった。登美子さんは根掘り葉掘り訊問する癖があったが、私は、なんでもないのよ、とか、別にいいことじゃないのよ、などと取りあわないから、性本来陰険そのものだとか、秘密癖で腹黒いとか、あなたは純情なんて何もなくてただ浮気っぽいから公明正大に人前にいったり振舞ったりできないのでしょう、ときめつける。

私はしかしそんなことは人には何もいいたくないのだ。つまらないのだ、恋愛なんて。ただそれだけ。

二

　登美子さんは女学校を卒業すると、かねてあこがれの職業婦人で、事務員になったが、堅苦しくて窮屈なので、百貨店の売子になった。私は別に働きたくはなかったけれども、母と一緒に家にいるのが厭なので、勤めに出たくて仕方がなかった。しかし許すどころの段ではなく、そんなことをいいだすと、そろそろ虫がつきだしたとますます監視厳重に閉じこめられるばかり、そのうえ母は焦って、さる土木建築の親分のオメカケにしようとした。この親分は一方ではさる歓楽地帯を縄張りにした親分でもあり、斬ったはったの世界では名の知れた大親分だということだが、もう隠居前で六十を一つか二つ越していた。

　私は賑やかなことが好きなタチだから、喧嘩の見物も嫌いではなかったけれども、根が至って気のきかない、スローモーション、全然モーローたる立居振舞トンマそのものの性質で、敏活また歯ぎれのよい仁義の世界では全然モーションが合わないのだもの、話にならない。私は別にオメカケが厭だとは思っていなかったが、自由を束縛されることが厭なので、豊かな生活をさせてくれて一定の義務以外には好き放題にさせてくれるなら、八十のオジイサンのオメカケだって厭だとはいわない。親分の名を汚したの何だのと短刀をつきつけられ小指をつめたり、ドスで忠誠を誓わされ自由を束縛されては堪えられない。

私は母に厭だといったが、もう母親が承諾した以上、今更厭だといえば、命が危い。お前は母を殺していいのかいといって脅迫する。仕方がないから、母には内密に、私から断わることにして、近所の洗濯屋の娘で、薄馬鹿だけれども伝言の口上だけはひどく思いつめて間違いなくハッキリいってくるという、潔癖のすぎたあげくの気違いのような娘がいて、私に変に親しみをこめて挨拶するような仲だから、この娘に伝言をたのんだ。私より三ツ年上のそのとき二十二であった。この娘が私にいわれた通り、無理に親分に会わせてもらって、口上を間違いなく述べたから、親分は笑って、そうかい、よしよし、お駄賃をくれて帰して、その日のうちに相当の乾児《こぶん》を使者に破約を告げて、お嬢さんへ親分からの志といって、まるで結納のように飾りたてた高価な進物をくれた。

そうこうするうちオメカケなぞは国賊のような時世となって、まっさきに徴用されそうな形勢だから、母は慌ててやむなくオメカケの口はあきらめ、徴用逃れに女房の口を、といいだしたけれども、たかがオメカケの娘だもの、華族様だの千万長者の三太夫の倅だって貰いに来てくれるものですか。そこへ徴用が来たのだから、母は血相を変えた。そしてその晩、夕食の時にはオロオロ泣きだしてしまったものだ。

世間の娘が概してそうなのか私は人のことは知らないけれども、私や私のお友達は戦争なんか大して関心をもっていなかった。男の人は、大学生ぐらいのチンピラ共まで、まるで自分が世界を動かす心棒でもあるような途方もないウヌボレに憑かれているから、戦争だ、敗戦だ、民主主義だ、悲憤慷慨、熱狂協力、ケンケンガクガク、力みかえって大変な騒ぎだけれども、私たちは世界のことは人が動かしてくれるものだときめているから勝手にまかせて、世相の移り変りには風馬耳、その時々の愉しみを見つけて滑りこむ。日頃オサンドンの訓練、良妻賢母、小笠原流、窮屈の極点に痛めつけられているから単純な遊びでも御満悦で、戦争の真最中でも困らない。国賊などと呼ばれても平チャラで日劇かなんかグルリと取りまいて三時間五時間立ちン坊をして、ひどく退屈だけれども、退屈でも面白いのである。私は退屈というものは案外ほんとに面白いんじゃないかと思っている。だってほかに、ほんとに面白いという何かがあるのだろうか。

ところが女房となると全然別種の人間で、これぐらい愚痴ッぽくて我利我利人種はないのである。職業軍人の奥方をのぞいたら、女房と名のつく女で戦争の好きな女は一人もいない。恨み骨髄に徹して軍部を憎み政府を呪っているのも、自分の亭主が戦争にかりたてられたり、徴用されたり、それだけの理由で、だから私にはわけが分らない。私は亭主なんてムダで高慢なウルサガタが戦争にかりだされて行ってしまえば、さぞ清々するだろうに、と思われるのに。

生活的に男に従属するなんて、そして、たった一人の男が戦争にとられただけで、世界の全部がなくなるようになるなんて、なんということだろう。私には、そんな惨めなことは堪えられない。

私の母は、これはオメカケで、女房ではないのだけれども、これまた途方もなく戦争を憎み呪っていた。しかしさすがにオメカケらしく一向に筋が通らずトンチンカンに恨み骨髄に徹していて、タバコが吸えなかったり、お魚がたべられなくなったり、そんなことでも腹を立てていたが、何といってもオメカケが国賊となり、私の売れ口がなくなったのが、口惜しさ憎さの本尊だった。

「ああ、ああ、なんという世の中だろうね」

と母は溜息をもらしたものだ。

「早く日本が負けてくれないかね。こんな貧乏たらしい国は、私はもうたくさんだよ。あちらの兵隊は二日で飛行場をつくるんだってね。チーズに牛肉にコーヒーにチョコレートにアップルパイにウィスキーかなんかがないと戦争ができないてんだから大したものじゃないか。日本なんか、おまえ、亡びて、一日も早くあちらの領分になってくれないかね。そのとき私が残念なのは日本の女が洋服を着たがることだけだよ。着物をきちゃいけないなんてオフレが出たら、私ゃいったい、どうすりゃいいんだい。おまえは洋装が似合うからいいけれど、ほんとに、おまえ、そのときはシッカリしておくれよ」

要するに私の母は戦争なかばに手ッ取りばやく日本の滅亡を祈ったあげく、すでに早くも私をあちらのオメカケにしようともくろんだ始末で、そのくせ時ならぬ深夜に起き上って端坐して、雪夫や許しておくれ、などと泣きだしてしまう。雪夫や、シッカリ、がんばれ負けるなというかと思うと、じれったいね、おまえ飛行機乗りは見張りがついてるわけじゃないんだから、敵陣へ着陸して、降参して、助けて貰えばいいじゃないか。どうせ日本は亡びるんだよ。ほんとにまア、トンマな子だったらありゃしない。

母は私の妹を溺愛のあまり殺していた。盲腸炎で入院して手術の後、二十四時間絶対に水を飲ましてはいけないというのに、私と看護婦のいないとき幾度か水を飲ませたあげく腹膜を起させ殺してしまった。そのせいではないけれども、私は母に愛されるたび、殺されるような寒気を覚えるばかり、嬉しいと思ったこともないのである。無智なのだ。私は貧乏と無智は嫌いであった。

私はそのころまったく母の気付かぬうちに六人の男にからだを許していた。その男たちの姓名や年齢、どこでどうして知りあったか、そんなことは私はいいたくもないし、全然問題にしてもいないのだ。ただ好きであればいい、どこの誰でも、一目見た男でも、私がそれを思い出さねばならぬ必要があるなら、私は思いだす代りに、別な男に逢うだけだ。私は過去よりも未来、いや、現実があるだけなのだ。

それらの男の多くは以前から屢々私にいい寄っていたが、私は彼らに召集令がきて愈々出征するという前夜とか二三日前、そういう時だけ許した。

後日、娘たちの間に、出征の前夜に契って征途をはげます流行があるときいたが、私のはそんな凜々しいものではなかった。私はただクサレ縁とか俺の女だなどとウヌボレられて後々までうるさく附きまとわれるのが厭だからで、六人のほかに、病弱の美青年が二人、この二人にも許していいと思っていたが、召集解除ですぐ帰されそうなおそれがあったので、許さなかった。果して一人は三日目に戻ってきたが、一人は病院へ入院したまま終戦を迎えた。

登美子さんは不感症だそうだ。そのせいか、美男子を見ると、顫《ふる》えが全身を走ったり、堅くなったり、胸がしめつけられたり、拳をにぎったり、圧迫されるそうだけれども、私はそんなことはない。

私は不感症の反対で、とても快感を感じる。けれども私はその快感がたって必要な快感だとも思わないので、そういう意味で男の必要を感じたことは一度もなかった。ちょっと感じても、すぐまぎれて、忘れてしまうことができる。だから私は六人の男に許したときも、自分が浮気だとは思わずに、電車の中だの路上だので、思わず赧《あか》くなったり胴ぶるいがするという登美子さんが、よっぽど浮気なのだと思っている。私はあんなことは平凡で適度なのが好きだ。中には色々変な術を弄して夢中にさせる男もいるけれども、あとで思いだすと不愉快で、ほんとに弄ばれたとか辱しめられたという気持になるから、あんな時にあんな風に女を弄ぶ男は嫌いだ。あんなことは平凡で、常識的で、適度でなければならないものだ。

私は終戦後三木昇に路上であってお茶をのんだが、そのとき思いついたように私を口説いて、技巧がうまくてそのうえ精力絶倫で二日二晩窓もあけず枕もとのトーストやリンゴを噛りながら遊びつづけることもできるのだから、どんな浮気な女でも夢中になったり、感謝したりするなどといった。私は夢中になるのは好きじゃないと答えたが、彼は女のてれかくしだと思って、ネ、いいだろう、路上で私の肩をだいたが、抱かれた私は抱かれたまま百米《メートル》ほど歩いたけれども、私はそんな時は食べもののことかなんか考えていて、抱いている男のことなどは考えていない。

私は男に肩をだかれたり、手を握られたりしても、別にふりほどこうともしないのだ。面倒なのだ。それぐらいのこと、そんなことをしてみたいなら、勝手にしてみるがいいじゃないか。するとすぐ男の方はうぬぼれて私にその気があると思って接吻しようとしたりするから、私は顔をそむける。しかし、接吻ぐらいさせてやることは何度もあった。顔をそむける方が面倒くさくなるから。すると忽ちからだを要求してくるけれども、うん、いつかね、と答えて、私はもうそんな男のことは忘れてしまう。

＊＊＊

私の徴用された会社では、私が全然スローモーションで国民学校五年生ぐらいの作業能力しかないので驚いた様子であった。私はすぐ事務の方へ廻されたが、ここでも問題にならなかった。

けれども別に怠けているわけでもなく、さりとて特別につとめるなどということは好きな男の人にもしてあげたことのない性分なのだから、私はヒケメにも思わなかったし、人々も概して寛大であった。

会社は本社の事務と工場の一部を残して分散疎開することになり、私の部長は工場長の一人となって疎開に当り、私にうるさく疎開をすすめた。

私が何より嫌いなのは病気になることと、そして、それ以上に、死ぬことであった。戦争が本土ではじまることになったら山奥へ逃げこんでも助かるつもりでいたが、まだ空襲の始まらぬ時だったので、遊び場のない田舎へ落ちのびる気持にもならなかった。

私は平社員、課長、部長、重役、立身出世の順序通りに順を追うて口説かれたが、私は重役にだけ好感がもてた。若い男達が口説くというよりただもうむやみにからだを求めるのを嫌うわけではなく、私自身は肉慾的な要求などはあんまりないのだけれども、私は男女が愛し合うのは当然だと思っており、その世界を全面的に認めているから、たとえば三木昇が好色で肉情以外に何もなくとも、そのことで軽蔑はしなかった。できないのだ。文化というのだか、教養というのだか、なんだか私にもよく分らぬけれども、精神的に何かが低いから厭になっただけであった。

母の旦那は大きな商店の主人であったが、山の別荘へ疎開した。その隣村の農家だかに部屋があるからという知らせがきて、母は疎開したがったが、私が徴用で動けないので、大いに煩悶していたが、空襲がはじまり、神田がやられ、有楽町がやられ、下谷がやられ、近いところにポツポツ被害があったりして、母も観念して単身荷物と共に逃げだした。母もまた私同様病気と死ぬことが何よりの嫌いで、雪夫は医者に育てるのだと小さい時からきめていたのは、少しでも長生きしたいという計算からであった。

母は一週間に一度ずつ私を見廻りに降りてきた。けれども実際は若い男と密会のためで、これだけは私に隠しておきたかったのだけれども、交通も通信も不自由で、打合せがグレハマになるから、仕上げは御見事というわけにも行かず、男を家へひきいれて酒をのみ泊めてやることもあった。

私は母だから特別の生き方を要求するような気持は微塵もなく、私が自由でありたいように、母も私に気兼ねなどしない方がサッパリして気持がいいと思っていたが、私はしかし母が酔っ払うとダラシなくなるのと、男が安ッポすぎたのでなさけなかった。

三月十日の陸軍記念日には大空襲があるから三月九日には山へ帰るのだと母はいっていた。そのくせ男との連絡がグレハマにいったので、九日の夜にはいってようやく男に会えて家へつれてきて酒をのんでいた。この日のために山から持ってきた鶏だの肉だの、薄暗がりで料理する女中につきあって私も起きており、警戒警報のでた時は母の酒宴はまだ終らず、私のきいているラジオの前へやってきて、ダイヤルの光をたよりにまた酒もりをはじめた。三機ほど房総の方からはいってきて投弾せず引返し、またしばらくして三機ほど同じコースからはいってきて、これも投弾せず引返してしまった。もう引返してしまったから解除になるだろうなどといっていると、外の見張所で、敵機投弾、火事だ火事だ、という。すると私たちの頭上をガラガラひどい音がした。二階の窓へ物見に行った女中が大変、もう方々一面に火の手があがっているという。わけが分らずボンヤリしているうちに空襲警報がなったのだ。

モンペもつけず酔っ払っていた母の身仕度に呆れるぐらいの時間がかかったけれども、夜襲の被害を見くびることしか知らなかった私は窓をあけて火の手を見るだけの興味も起らず暗闇の部屋にねころんでおり、荷物をまとめて防空壕へ投げこんで戻るたび、あっちへも落ちた、こっちにも火の手があがったというけたたましい女中の声をきき流していた。

そのとき母のさきに身仕度をととのえて私の部屋へきていた男が酒くさい顔を押しつけてきて、私が顔をそむけると、胸の上へのしかかってモンペの紐をときはじめたので、私はすりぬけて立ちあがった。母がけたたましく男の名をよんでいた。私の名も、女中の名もよんだ。私は黙って外へでた。

グルリと空を見廻したあの時の私の気持というものは、壮観、爽快、感歎、みんな違う。あんなことをされた時には私の頭は綿のつまったマリのように考えごとを喪失するから、私は空襲のことも忘れて、ノソノソ外へでてしまったら、目の前に真ッ赤な幕がある。火の空を走る矢がある。押しかたまって揉み狂い、矢の早さで横に走る火、私は吸いとられてポカンとした。何を考えることもできなかった。それから首を廻したらどっちを向いても真ッ赤な幕だもの、どっちへ逃げたら助かるのだか、私はしかしあのとき、もしこの火の海から無事息災に脱出できれば、新鮮な世界がひらかれ、あるいはそれに近づくことができるような野獣のような期待に亢奮した。

翌日あまりにも予期を絶した戦争の破壊のあとを眺めたとき、私は住む家も身寄の人も失っていたが、私はしかしむしろ希望にもえていた。私は戦争や破壊を愛しはしない。私は私にせまる恐怖は嫌いだ。私はしかし古い何かが亡びて行く、新らしい何かが近づいてくる、私はそれが何物であるか明確に知ることはできなかったが、私にとっては過去よりも不幸ではない何かが近づいてくるのを感じつづけていたのだ。

全くサンタンたる景色であった。焼け残った国民学校は階上階下階段まで避難民がごろごろして、誰の布団もかまわず平気で持ってきてごろごろ寝ている男達、人の洋服や人のドテラを着ている者、それは私のだといわれて、じゃア借りとくよですんでしまう。顔にヤケドして顔一面に軟膏ぬって石膏の面みたいな首だけだして寝ている十七八の娘の布団を、三枚は多すぎらといって一枚はいで持って行って自分の連《つれ》の女にかけてやる男もある。何かねえのか食べ物は、と人のトランクをガサガサ掻きまわすのを持主がポカンと見ているていたらくで、あっちに百人死んでる、あの公園に五千人死んでるよ、あそこじゃ三万も死んでら、命がありゃ儲け物なんだ、元気だせ、幽霊みたいな蒼白な顔で一家の者を励ます者、屍体の底の泥の中に顔をうずめて助かって這いだしてきたという男はその時は慾がなかったけれどもこうして避難所へ落着いてみると無一物が心細くて、かきわけた屍体に時計をつけた腕があったが、せめてあの時計を頂戴してくればよかったといっている。この男はまだ顔の泥をよく落しておらないけれども、大概似たような汚い顔の人たちばかり、顔を洗うことなんか誰も考えていない。

私と女中のオソヨさんは水に浸した布団をかぶって逃げだしたが、途中に火がつき、布団をすて、コートに火がついてコートをすて、羽織も同じく、結局二人ながら袷《あわせ》一枚、無一物であったが、オソヨさんの敏腕で布団と毛布をかりてくるまり、これもオソヨさんの活躍で乾パンを三人前、といったって三枚だ、一日にたったそれだけ、あしたはお米を何とかしてあげる、と係りの者がいうので空腹だけれども我慢して、そして私はオソヨさんが、もう東京はイヤだ、富山の田舎へ帰る、でも無一物で、どうして帰れることやら、などとさまざまにこぼすのをききながら、私はしかし、ほんとにそうね、など返事をしても、実際は無一物など気にしていなかった。

何も持たない避難民同士のなかから布団と毛布がころがりこむし、三枚の乾パンでは腹がペコペコだけれども、あしたはお米がくるというから、私は空腹よりも、こうして坐っていると人が勝手にいろいろ何とかしてくれるのが面白くて仕方がない。私はちょっとした空腹などより、人間同士の生活の自然のカラクリの妙がたのしい。窮すれば通ず、困った時には自然に何とかなるものだ、というのが、私がこれまでに得た人生の原理で、私に母をたよる気持のないのも、私の心の底にこんな瘤みたいな考えがあるせいだろう。私は我まま一ぱいに育てられたけれども、たとえば母も女中も用たしにでて私一人で留守番をしてお料理はお前が好きなようにこしらえておあがりといわれていても、私は冷蔵庫のお肉やお魚には手をつけずカンヅメをさがす、カンヅメがなければ御飯にカツブシだけ、その出来あがった御飯がなければ、あり合せのリンゴやカステラの切はしだけでも我慢していられる。ペコペコの空腹でも私はねころんで本を読んでいるのだ。だから我まま一ぱいなどといっても空腹には馴れており、それも我まのせいかも知れないけれども、我ままもまた相当に困苦欠乏に堪える精神を養成するもので、満堂数千の難民のなかで私が一番不平をいわないようだった。

私自身がそんな気持だから、人々の不幸が私にはそれはいうまでもなく不幸は不幸に見えるけれども、また、別のものに見えた。私には、たしかに夜明けに見えたのだ。

私はハッキリ母と別な世界に、私だけで坐っている自分を感じつづけていた。私がふと気にかかるのはもう母に会いたくないということだけで、私はここにこうしている、母もどこかにこんな風にしているだろう、そしてこのまま永遠にバラバラでありたいということだけであった。

　私にとっては私の無一物も私の新生のふりだしの姿であるにすぎず、そして人々の無一物は私のふりだしにつきあってくれる味方のようなたのもしさにしか思われず、子供は泣き叫び空腹を訴え、大人たちは寒気と不安に蒼白となり苛々し、病人たちが呻いていても、そしてあらゆる人々が泥にまみれていても、私は不潔さを厭いもしなければ、不安も恐怖もなく、むしろ、ただ、なつかしかった。私のような娘（私のような娘が何人いるのか私は知らないけれども）ともかく私のような娘にとっては、日本だの祖国だの民族だのという考えは大きすぎて、そんな言葉は空々しいばかりで始末がつかない。新聞やラジオは祖国の危機を叫び、巷の流言は日本の滅亡を囁いていたが、私は私の生存を信じることができたので、そして私には困った時には自然にどうにかなるものだという心の瘤があるものだから、私は日本なんかどうなっても構わないのだと思っていた。

私には国はないのだ。いつも、ただ現実だけがあった。眼前の大破壊も、私にとっては国の運命ではなくて、私の現実であった。私は現実はただ受け入れるだけだ。呪ったり憎んだりせず、呪うべきもの憎むべきものには近寄らなければよいという立前で、けれども、たった一つ、近寄らなければよい主義であしらうわけには行かないものが母であり、家というものであった。私が意志して生れたわけではないのだから、私は父母を選ぶことができなかったのだから、しかし、人生というものは概してそんなふうに行きあたりバッタリなものなのだろう。好きな人に会うことも会わないことも偶然なんだし、ただ私には、この一つのもの、絶対という考えがないのだから、だから男の愛情では不安はないが、母の場合がつらいのだ。私は「一番」よいとか、好きだとか、この一つ、ということが嫌いだ。なんでも五十歩百歩で、五十歩と百歩は大変な違いなんだと私は思う。大変でもないかも知れぬが、ともかく五十歩だけ違う。そして、その違いとか差というものが私にはつまり絶対というものに思われる。私は、だから選ぶだけだ。

オソヨさんが富山へ帰る途中に赤倉があるから、私は山の別荘へ母の死去を報告に行ってみようか、会社へ顔をだしてみようか、迷っているうち、布団と毛布の持主が立去ることになり、仕方がないから私も山へ行こうと思っていると、専務が私を探しにきてくれた。どうにかなるということが、こうして実際行われてくるのを知りうることが、私を特別勇気づけてくれた。

私は山の別荘へ行くことは好まなかった。母の旦那と私には血のつながりはないのだけれども、やっぱり親の代理みたいに威張られ束縛されるのが不安であったし、私はそれに避難民列車にのって落ちて行くのがなんとも惨めで堪えがたい思いになっていた。

避難民は避難民同士という垣根のない親身の情でわけへだてなく力強いところもあったが、垣根のなさにつけこんで変に甘えたクズレがあり、アヤメも分たぬ夜になると誰が誰やら分らぬ男があっちからこっちから這いこんできて、私はオソヨさんと抱きあって寝ているからオソヨさんが撃退役でシッシッと猫でも追うように追うのがおかしくて堪らないけど、同じ男がくるのだか別の男なのだか、入り代り立ち代り眠るまもなく押しよせてくるので、私たちは昼間でないと眠るまがない。

日本人はいつでも笑う。おくやみの時でも笑っているそうだけれども、してみると私なんかが日本人の典型ということになるのか、私は人に話しかけられると大概笑うのである。その代りには、大概返事をしたことがない。つまり、返事の代りに笑うのだ。なぜといって、日本人は返事の気持の起らない月並なことばかり話しかけるのだもの、今日は結構なお天気でございます、お寒うございます、いわなくっても分りきっているのだから、私がほんとにそうでございますなんて返事をしたら却て先さまを軽蔑、小馬鹿のように扱う気がするから、私は返事ができなくて、ただニッコリ笑う。私は人間が好きだから、人を軽蔑したり小馬鹿にしたり、そんな気のきいたことはとてもできない。今日は結構なお天気でございます、お寒うございます、私はあるがまま受け入れて決して人を小馬鹿にしない証拠に最も愛嬌よくニッコリ笑う。すると人々は私が色っぽいとか助平たらしいとかいうのである。

私は元来無口のたちで、喋らなくてもすむことなら大概喋らず、タバコが欲しい時にはニュウと手を突きだす。タバコちょうだい、とってちょうだい、そんなことをいわなくともタバコの方へ手をのばせば分るのだから、黙って手をニュウとだす、するとその掌の上へ男の人がタバコをのせてくれるものだときめているわけでもなくて、のせてくれなければタバコのある方へ腰をのばしてますますニュウと手を突きのばして、あげくに、ひっくりかえってしまうこともあるけれども、私は孤独になれていて、人にたよらぬたちでもあり、怠け者だから一人ぽっちの時でも歩いて取りに行かず、腰をのばし手をのばして、あげくに掴んだとたん、ひっくりかえるというやり方であった。けれども男は女に親切にしてくれるものだと心得ているから、男の人が掌の上へタバコをのっけてくれても、当り前に心得て、めったに有難うなどとはいったことがない。

だから私はあべこべに、男の人が私の膝の前のタバコを欲しがっていることが分ると、本能的にとりあげて、黙ってニュウと突きだしてあげる。

そういうところは私は本能的に親切で、つまり女というものの男に対する本能的な親切なのだろう。その代り、私は概ねウカツでボンヤリしているから、男の人が何を欲しがっているか、大概は気がつかないのである。しかし根は親切そのもので、知らない男の人にでもわけへだてなく親切だから、登美子さんは私のことを天下に稀れな助平だという。つまり、たまたま汽車の隣席に乗り合せた知らない男の人がマッチを探しているのを見ると、私は本能的に私のポケットのマッチをつかんで黙ってニュウとつきだしてあげる。私は全く他意はなく、女というものの男に対する本能だもの、これは親切とよぶべきもので、助平などとは意味が違うものなのだ。電車の中で正面に坐っている美青年に顔をほてらせたり、からだが堅くなったり、胸や腰がキュウとしまるという登美子さんが、それも本能だろうから、私は別に助平だとは思わないが、私にくらべて浮気だろうと思うのである。

けれども男の人たちも登美子さんと同じように私の親切を浮気のせいだと心得て、たちまち狎れて口説いたり這いこんだりする。特別、避難所の国民学校では屈することなくしっきりなしの猛襲にうんざりして、こんな人たちとこんな風に都を落ちて見知らぬ土地へ流れるなんて、私はとても、甘えすぎたクズレが我慢のできない気持でもあった。

だから私は専務を見るとホッと安堵、私はたちまち心を変えて別荘への伝言をオソヨさんにたのみ、私は専務にひきとられた。

＊＊＊

久須美（専務）は五十六であった。

さして痩せてるわけでもないが、六尺もあるから針金のようにみえる。獅子鼻で、ドングリ眼で、醜男そのものだけれども、私はしかし、どういうせいか、それが初めから気にかからなかった。まじりけのない白髪が私にはむしろ可愛く見え、ドングリ眼も獅子鼻も愛嬌があって私はほんとに嘘や虚勢ではなく可愛く見える。私は少女のころから男の年齢が苦にならず、女学生の時も五十をすぎた教頭先生が好きでたまらなかった。この人も美しい人ではなかった。

終戦後、久須美は私に家をもたせてくれたが、彼はまったく私を可愛がってくれた。そしてあるとき彼自身私に向って、君は今後何人の恋人にめぐりあうか知れないが、私ぐらい君を可愛がる男にめぐりあうことはないだろうな、といった。

私もまったくそうだと思った。久須美は老人で醜男だから、私は他日、彼よりも好きな人ができるかも知れないけれども、しかしどのような恋人も彼ほど私を可愛がるはずはない。

彼が私を可愛がるとは、たとえば私が浮気をすると出刃庖丁かなにか振り廻して千里を遠しとせず復縁をせまって追いまわすという情熱についてのことではなくて、彼は私が浮気をしても許してくれる人であった。

彼は私の本性を見ぬいて、その本性のすべてを受けいれ、満足させてくれようとする。彼が私に敢て束縛を加えることは、浮気だけはなるべくしてくれるな、浮気するなら私には分らぬようにしてくれ、というぐらいのことだけであった。

だいたい私みたいなスローモーションの人間は、とても世間並の時間の速力というものについて行けない。けれども私は人と時間の約束したり一つの義務を負わされると、とても脅迫観念に苦しめられるけれども、どうしてもスローモーションだからダメで、会社へでていたころは二時間三時間、五時間六時間おくれる。終業の三十分前ぐらいに出勤して、今ごろ出てくるなら休みなさいなどと皮肉られても、私だってそんな出勤が無意味と知りながら出てゆくからには、どんなに脅迫観念に苦しめられていたか、久須美だけはそれを察して、専務が甘やかすから、などと口うるさくても、彼は私に一言の非難もいわず、常にむしろいたわってくれた。

私は好きな人と、たとえば久須美と、旅行の約束をして、汽車の時間を二時間三時間おくれてしまう。たとえば私が出かけようとして身支度ととのえているところへ、知りあいの隠居ジイサンなどがやってきて、ほらごらんよ、うちの孟宗でこんなタバコ入れをこしらえたから、などと見せにきて一時間二時間話しこむ。私は嫌いな人にでも今日は用があるから帰ってなどとはいえないたちで、まして仲よしの隠居ジイサンだから、帰って、とはとてもいえない。私は私の意志によってどっちの好きな人を犠牲にすることもできないから、眼前に在る力、現実の力というものの方にひかれて一方がおろそかになるまでのことで、これは私にとっては不可抗力で、どうすることもできないのだもの。

久須美はそういう私をいたわってくれた。だから私たちの旅行はトンチンカンで、目的地へつかないうちに、この汽車はここまでだから降りてくれという、つまり汽車がなくなったのだ、仕方なしに思いがけないところで降されて、しかし、そのために叱られるということのない私はそのトンチンカンが新鮮で、パノラマを見ているような楽しい思いがけない旅行になる。

ほんとうに醜い人間などいるはずのないもので、美というものは常に停止して在るのじゃなくて、どんなものでも、ある瞬間に美しかったり、醜かったりするものだ。私にとって、寝室の久須美は常に可愛く、美しかった。私は若い女だもの、美しい青年と腕を組んで並木路を歩いたり、美青年に荷物をもってもらったり自動車をよびに走ってもらったり、チヤホヤかしずかれて銀座など買物に歩いて、人波を追いつ追われつ、人波のあいまから目と目を見合せて笑いあう。

久須美にはもうそんな若い目はなくなっている。そして、そんな仇な目のかわりには、ゴホンゴホンという咳などしかなくなっているのである。しかし、そんな若い目は、男と女のつながりの上では、たかが風景にすぎないではないか。並木路の散歩、楽しい買物、映画見物、喫茶店、それらのことは、恋人同士の特権のように思われがちだけれども、私はあべこべに、浮気心、仇心の一興、また、一夢というようなものにすぎないと考える。

私はむかし六人の出征する青年に寝室でやさしくしてあげたが、また、終戦後も、久須美の知らないうちに、何人かの青年たちと寝室で遊んだこともある。けれどもそれもただ男と女の風景であるにすぎず、いわば肉体の風景であるにすぎない。

しかし久須美に関する限り私はもはや風景ではなかった。

私が一人ぽっちねころんで、本を読んでいたり、物思いにふけっていたり、うとうとしているとき久須美が訪れてくる。どのような面白い読書でも、静かな物思いでも、安らかな眠りでも、私はそれを捨てたことを露すらも悔みはしない。私はただニッコリし、彼をむかえ、彼の愛撫をもとめ、彼を愛撫するために、二本の腕をさしだして、彼をまつ。私はその天然自然の媚態だけが全部であった。

このような媚態は、久須美が私に与えたものであった。私はその時まで、こんな媚態を知らなかったのに、久須美にだけ天然自然にこうするようになったので、つまり彼が一人の私を創造し、一つの媚態を創作したようなものだった。

それは一つの感謝のまごころであった。このまごころは心の形でなしに、媚態の姿で表われる。私はどんなに快い眠りのさなかでもふと目ざめて久須美を見ると、モーローたる嗜眠状態のなかでニッコリ笑い両腕をのばして彼を待ち彼の首ににじりよる。

私は病気の時ですら、そうだった。私は激痛のさなかに彼を迎え、私は笑顔と愛撫、あらゆる媚態を失うことはなかった。長い愛撫の時間がすぎて久須美が眠りについたとき、私は再び激痛をとりもどした。それはもはや堪えがたいものであったが、私はしかし愛撫の時間は一言の苦痛も訴えず最もかすかな苦悶の翳によって私の笑顔をくもらせるようなこともなかった。それは私の精神力というものではなく、盲目的な媚態がその激痛をすら薄めているという性質のものであった。七転八倒というけれども、私は至極の苦痛のためにある一つの不自然にゆがめられた姿勢から、いかなる身動きもできなくなり、生れて始めて呻く声をもらした。久須美は目をさまし、はじめは信じられない様子であったが、慌てて医師を迎えたときは手おくれで、なぜなら私はその苦痛にもかかわらず彼が自然に目をさますまで彼を起さなかったから、すでに盲腸はうみただれて、腹の中は膿だらけであり、その手術には三時間、私は腹部のあらゆる臓器をいじり廻されねばならなかった。

この天然自然の育ち創られてきた媚態を鑑賞している人は久須美だけが一人であった。

若い目と目が人波を距ててニッコリ秘密に笑いあうとき、そこには仇な夢もこもり、花の匂いも流れ、若さのおのずからの妖しさもあったが、だからまた、そこには、退屈、むなしさ、自ら己を裏切る理智もあった。要するに仇心、遊びと浮気の目であった。

美青年に手を握られてみたいような、なんとなくそんな気持になる時もあり、美青年と一緒に泊りたわむれてウットリさせられたり、私はしかしそんな遊びのあとでは、いつも何かつまらなくて、退屈、私は心の重さにうんざりするのであった。

しかし私が久須美をめがけてウットリと笑い両手を差しのべてにじりより、やがて胸に白髪をだきしめて指でなでたりいじってやったり愛撫に我を忘れるとき、私の笑顔も私の腕も指も、私のまごころの優しさが仮に形をなした精、妖精、やさしい精、感謝の精で、もはや私の腕でも笑顔でもなく、私自身の意志によって動くものではないようだった。

つまり私は本性オメカケ性というのだろう。私の愛情は感謝であり、私は浮気のときは男に遊ばせてもらってウットリさせられたりするけれども、私自身が自然の媚態と化してただもう全的に男のために私自身をささげるときは、感謝によるのであった。要するに私は天性の職業婦人で、欲しいものを買っていただき、好きな生活をさせてもらう返礼におのずから媚態と化してしまう。そのかわりお洗濯をしてあげたいとか、お料理をこしらえて食べさせてあげたいとか、考えたこともない。そんなものはクリーニング屋とレストランで間に合わせればよいと思っており、私は文化とか文明というものはそういうものだと考えていた。

私はしかしあんまり充ち足り可愛がられるので反抗したい気持になることがあった。反抗などということはミミッちくて、私はきらいなのだ。私は風波はすきではない。度を過した感動や感激なども好きではない。けれども充ち足りるということが変に不満になるのは、これも私のわがままなのか、私は、あんな年寄の醜男に、などと、私がもう思いもよらず一人に媚態をささげきっていることが、不自由、束縛、そう思われて口惜しくなったりした。実際私はそんな心、反抗を、ムダな心、つまらぬこと、と見ていたが、おのずから生起する心は仕方がない。

ふと孤独な物思い、静かな放心から我にかえったとき、私は地獄を見ることがあった。火が見えた。一面の火、火の海、火の空が見えた。それは東京を焼き、私の母を焼いた火であった。そして私は泥まみれの避難民に押しあいへしあい押しつめられて片隅に息を殺している。私は何かを待っている。何ものかは分らぬけれど、それは久須美でないことだけが分っていた。

昔、あのとき、あの泥まみれの学校いっぱいに溢れたつ悲惨な難民のなかで、私はしかし無一物そして不幸を、むしろ夜明けと見ていたのだ。今私がふと地獄に見る私には、そこには夜明けがないようだ。私はたぶん自由をもとめているのだが、それは今では地獄に見える。暗いのだ。私がもはや無一物ではないためかしら。私は誰かを今よりも愛することができる、しかし、今よりも愛されることはあり得ないという不安のためかしら。燃える火の涯もない曠野のなかで、私は私の姿を孤独、ひどく冷めたい切なさに見た。人間は、なんてまアくだらなく悲しいものだろう、馬鹿げた悲しさだと私はいつもそんなときに思いついた。

私が入院しているとき、お相撲の部屋の親方だかが腫物か何かで入院しており、一門のお弟子、関取から取的《とりてき》まで、食事のドンブリや鍋に何か御馳走を運んできたり、お酒をぶらさげてきたり賑やかだったが、その一人に十両の墨田川というのは私の同じ町内、同じ国民学校の牛肉屋の子供で、出征の前夜に私の許した一人であった。

さっそく私に結婚してくれなどといったけれども、彼も物分りの悪い男ではなく、女に不自由のない人気稼業で、十両ぐらいで結婚なんて、おかしいでしょう、というと、じゃア時々会ってなどといったが、病後だからとその時はすんだけれども、巡業から戻ってくるたび、毎日のようにやってくる。

墨田川は下町育ちだから理づめの相撲で、突っぱって寄る、筋骨質でふとってはいないけれど腰が強くて投げもあり、大関までは行けると噂のある有望力士であったが、下町気風のあっさり勝負を投げてしまうところがあって、しつこく食いさがるねばりがない。稽古の時は勝っても負けてもとても綺麗で、調子づくと五人十人突きとばして役相撲まで食ってしまう地力があるのに、本場所になると地力がでずに弱い相手に負けるのは、ちょっと不利になるとシマッタと思う、つまり理智派の弱点で、自分の欠点を知っているから、ちょっとの不利にも自ら過大にシマッタと思う気分の方が強くて、不利な体勢から我武者羅に悪闘してあくまでネバリぬく執拗なところが足りないのだ。シマッタと思うとズルズル押されて忽ちたわいもなくやられてしまう。弱い相手に特にそうで、強い相手には大概勝つ。つまり強い相手には始めから心構えや気組が変って慎重な注意と旺盛な闘志を一丸に立向っているからなのである。

私は勝負は残酷なものだと思った。もてる力量などはとてもたよりないもので、相撲の技術や体力や肉体の条件のほかに、そういう精神上の条件、性格気質などもやっぱり力量のうちなのだろうか。有利の時にはちっともつけあがらず、相撲しすぎるということがなく、理づめに慎重にさばいて行く、いかにも都会的な理智とたしなみと落着きが感じられるくせに、不利に対して敏感すぎて、彼の力量なら充分押しかえせる微小な不利にも頭の方で先廻りをして敗北という結果の方を感じてしまう。だから一気に弱気になって、こんなことではいけない、ここでガンバラなくてはと気持をととのえた時には、もう取り返しがつかないほど追いこまれていて、どうにもならない。

私は稽古も見に行ったし、本場所は毎日見た。彼は私の席へきて前頭から横綱の相撲一々説明してくれるが、力と業の電光石火の勝負の裏にあまり多くの心理の時間があるのを知った。力と業の上で一瞬にすぎない時間が、彼らの心理の上では彼らの一日の思考よりも更に多くの思考の振幅があるのであった。大きな横綱が投げとばされて、投げにかけられる一瞬前に、彼の顔にシマッタというアキラメが流れる、私にはまるでシマッタという大きな声がきこえるような気がするのだった。

相撲の勝負はシマッタと御当人が思った時にはもうダメなので、勝負はそれまで、もうとりかえしがつかない。ほかの事なら一度や二度シマッタと思ってもそれから心をとり直して立直ってやり直せるのに、それのきかない相撲という勝負の仕組はまるで人間を侮蔑するように残酷なものに思われた。相撲とりの心が単純で気質的に概してアッサリしているのは、彼らの人生の仕事が常に一度のシマッタでケリがついて、人間心理のフリ出しだけで終る仕組だから、だから彼らは力と業の一瞬に人間心理の最も強烈、頂点を行く圧縮された無数の思考を一気に感じ、常に至極の悲痛を見ているに拘らず、まるでその大いなる自らの悲痛を自ら嘲笑軽蔑侮辱する如くにたった一度のシマッタですべてのケリをつけてしまい、そういう悲劇に御当人誰も気付いた人がなく、みんな単純でボンヤリだ。

エッちゃん（墨田川は私たちの町内ではそうよばれていた）は特別わが心理の弱点で相撲の勝負をつけてしまい、シマッタと思わなくともよいところで、過大にまた先廻りをしてシマッタと思って、そしてころころ負けてしまう。エッちゃんの勝負を見ていると、ア、シマッタ、とか、やられた、とか、ア、畜生め、なんでい、そうか、一瞬の顔色が、私にはいつもその都度いろいろの大きな呼び声にきこえてきて、するともう見ていられない気持になる。

あなたは御自分の不利にだけ敏感すぎるからダメなのよ。御自分のアラには気がつかず人のアラばかり気がつく人なんてイヤだけど、相撲の場合はそういうヤボテンの神経でなければダメなんだわ。いつでも何クソとねばらなければいけないわ。そうすれば、大関にも横綱にもなれるのよ。私は彼にそういった。この忠言は彼をかなり発奮させ、二三度勝って気を良くしたが、その次の相撲で、例のシマッタ、そこで一気に不利になり、いつもならもうダメなところで私の忠告がきいたのか、思いもよらず立直って、とうとう五分の体勢まで押し返したから、すばらしい、エッちゃんとうとう悟りをひらいて、もう、こうなれば勝てると思ったのに阿修羅の怪力大勇猛心で立直りながら急にそこから気がぬけたようにズルズルと負けてしまった。そしてそれからまた元のモクアミ、自信を失っただけ、却っていけないようなものだった。

「どうしてあそこで気がぬけたの。でも、あそこまで、立直ったのですもの、気持をくさらせて投げてしまわなければ、あなたは立直る実力があるのね。そこまでは証明ずみですから、今度はその先をガンバッてごらんなさい」

と私がはげましてあげても、エッちゃんは浮かない顔で、いっぺん自信がくずれると、せっかくの大勇猛心や善戦が身にすぎた奇蹟のように思われるらしく、その後はますますネバリがなくなり、シマッタと思うと全然手ごたえなくヘタヘタだらしなく負けるようになった。

力だけが物をいうヤボな世界だと思っていたのに、あんまり心のデリケートな世界で、精神侮蔑、人間侮蔑、残酷、無慙なものだから、私はやりきれなかった。昔は関脇ぐらいまでとり、未来の大横綱などといわれた人が、十両へ落ち、あげくには幕下、遂には三段目あたりへ落ちて、大きな身体でまたコロコロ負かされている。芸術の世界などだったら、個人的に勝負を明確に決する手段がないのだから、落伍者でも誇りやウヌボレはありうるのに、こうしてハッキリ勝敗がつく相撲というものでは負けて落ちてゆく、ウヌボレ慰めの余地がない。残酷そのもの、精神侮蔑、まるで人の当然な甘い心をむしりとり人間の畸形児をつくりあげている、たえがたい人間侮蔑、だから私はエッちゃんが勝ったときは却ってほめてやる気にならず、負けた時には慰めてやりたいような気持になった。

その場所の始まる前に巡業から帰ってきて、

「僕はサチ子さんの気質を知っているから、くどくいいたくないけれど、好きなんだから仕方がないよ。いつも口説くたんびに、ええ、そのうちに、とか、いつかね、とか、どうもね。だから、こっちもキマリが悪いけど、僕も、もう、東京がつくづく厭でね、それというのが本場所があるからで、以前は本場所を待ちかねたものだけど、ちかごろは重荷で、そのせいだけで、ふるさとのお江戸へ帰るのが苦しいのさ。それでもいくらか帰る足が軽くなるのはサチ子さんがいるということ一つだけで、さもなきゃ、廃業したいぐらい厭気ざしているのだが、廃業しちゃア、サチ子さんも相手にしてくれないだろうなぞと考えて、ともかく裸ショウバイになんとか精を出すように努めているのだ。こんな僕だから思いはいっぱいだけど、自分一人勝手のわがままはいいたくない。それはこんなショウバイをしているオカゲで、取柄といえば、女と男のことだけはいくらか身にしみて分るんだな。僕らはよくヒイキの旦那の世話になる。旦那というものにはオメカケがいるものだが、旦那はみんないい人たちで、だからサチ子さんの旦那でも僕には旦那という人が、みんないたわってあげたいような気持になる。だから僕の見てきたところでも、オメカケが浮気をしてロクなことになったタメシはないね。罰が当るんだ。けれども、サチ子さん、僕にはもう心の励みがあなた一人なんだから、僕は決して女房になってくれ、そんな無理なことはいわない。こうして毎日つきあってもらって、それで満足できりゃいいけど、別れて帰ると、なんとも苦しい。ほかの女でまにあうというものじゃアないんでね。巡業に出ているうちは忘れられる。こうして目の前に見ちゃ、ダメだ。僕が相撲をとってるうち、そして、東京へ戻った時だけ、遊んで貰うわけには行かないか」

その場所エッちゃんは十両二枚目で、ここで星を残すと入幕できるところであった。私はなんとなくエッちゃんを励まして出世させたいと思った

から、

「そうね、じゃア、今場所全勝したら、どこかへ泊りに行ってあげる」

「全勝か。全勝はつらいね」

「だって女の気持はそんなものだわ。関取がギターかなんか巧くったって、そんなことで女は口説かれないと思うわ。関取は相撲で勝たなきゃダメよ。あなたの全勝で買われたと思えば、私だって気持に誇りがもてるわ」

「よし、分った。きっと、やる。こうなりゃ是が非でも全勝しなきゃア」

しかし結果はアベコベだった。エッちゃんはそういう気質なのだ。励んだり、気負いたっているとき、出はなに躓くと、ずるずると、それはもう惨めとも話にならぬだらしなさで泥沼へ落ちてしまう。初日に負けて、いいのよ、あとみんな勝って下されば、二日目も負け、いいわ、あと勝って下されば、で千秋楽まで、楽の日は私もとうとうふきだして、いいわ、楽に初日をだしてよ、きっと約束まもってあげる、けれどもダメ、つまり見事にタドンであった。

エッちゃんには都会人らしい潔癖があるから、初日に躓いたとき、もうダメだったので、約束通り全勝して晴れて私を抱きしめたかったに相違ない。おなさけ、というようなことでは自分自ら納得できない気分を消し去ることができない気質であった。

私はしかしエッちゃんが約束通り全勝したらとても義務的なつきあいしかできなかったと思うけれども、見事にタドンだから、いじらしくてせつなくなった。

私はエッちゃんを励まして、共に外へでた。まだ中入前で、久須美は何も知らずサジキに坐って三役の好取組を待っているのだが、私は急に心がきまると、久須美のことはほとんど心にかからず、ただタドンのいじらしさ、人間侮蔑に胸がせまって、好取組の見物などという久須美が憎いような気持まで流れた。

「私、待合や、ツレコミ宿みたいなところ、イヤよ。箱根とか熱海とか伊東とか、レッキとした温泉旅館へつれて行ってちょうだい。切符はすぐ買えるルート知ってるのよ」

「でも僕は明日から三四日花相撲があるんだ。本場所とちがって、こっちの方は義理があるのでね」

「じゃアあなた、あしたの朝の汽車で東京へ帰りなさい」

私はすべて予約されたことには義務的なことしかできず私の方から打ちこむことができないタチであったが、思いがけない窓がひらかれ気持がにわかに引きこまれると、モウロウたる常に似合わず人をせきたて有無をいわさず引き廻すような変に打ちこんだことをやりだす。私自身が私自身にびっくりする。女というものは、まったく、たよりないものだ、と私はそんな時に考える。

温泉で意気銷沈のエッちゃんにお酒をすすめて、そして私たちが寝床についたとき、

「エッちゃん、今まで、いうの忘れてたわ」

「なにを？」

「ごめんね」

「なにをさ」

「ごめんねをいうのを忘れてたのよ。ごめんなさい、エッちゃん」

「なぜ」

「だって、とても、人間侮蔑よ」

「人間侮蔑って、何のことだい」

「全勝してちょうだい、なんて、人間侮蔑じゃないの。私、エッちゃんにブン殴られてもいいと思ったわ」

エッちゃんはわけが分らない顔をしたが、私は私のことだけで精いっぱいになりきるだけのタチだから、

「エッちゃんはタドン苦しいの？　平気じゃないの。私むしろとても嬉しいのよ。許してちょうだいね。私が悪かったのよ。だから、エッちゃん」

私は両手をさしのべた。久須美のほかの何人にも見せたことのない天然自然の媚態がおのずから私のすべてにこもり、私はもはや私のやさしい心の精であるにすぎなかった。

翌日、エッちゃんは明るさをとりもどしていた。それは本場所のタドンよりも私との一夜の方がプラスだという考えが彼を得心させたからで、そして彼がそういう心境になったことが、私の気分を軽快にした。

「人間侮蔑っていったね。僕が人を土俵にたたきつけるのが人間侮蔑だってえのかい。だって、それじゃア、年中負けてなきゃアお気に召さないてんじゃア」

「そうじゃないのよ」

「じゃアなんのことだい」

「いいのよ、もう。私だけの考えごとなんですから」

「教えてくれなきゃ、気になるじゃないか。かりそめにも人間侮蔑てえんだからな」

「いっても笑われるから」

「つまり、女のセンチなんだろう」

「ええ、まア、そうよ。綺麗な海ね。ここが私の家だったら。私、今朝からそんなことを考えていたのよ」

「まったくだなア。土俵、見物衆、巡業の汽車、宿屋、僕ら見てるのは人間と埃ばっかり、どこへ行っても附きまとっていやがるからな。なア、サチ子さん、相撲とりが本場所が怖くなるようじゃア、生れ故郷の墨田川へ戻るのが怖しくって憂鬱なんだから、僕はお前、こんなところでノンビリできりゃア、まったく、たまらねえな」

「花相撲に帰らなくってもいいの？」

「フッツリよした。叱られたって、かまわねえ。義理人情じゃア、ないよ。たまにゃア人間になりてえ。オイ、見てくれ。これ、このチョンマゲ、こいつだな。人間じゃないてえシルシなんだ。鶏に鶏の形があるみたいに、相撲とりの形なんだぜ。昔はこいつが自慢の種で、うれしかったものだけど」

私たちは米を持ってこなかった。エッちゃんが宿の人に頼んで一度は食べさせてくれたけれども、ほんとになくて困ってるのだから、なんとか自分で都合してくれという。私が財布を渡すと、ホイきた、とエッちゃんは立上った。

「ほんとに買える？　当《あて》があるの？」

「大丈夫大丈夫」

「じゃア、私もつれて行って」

「それがいけねえワケがある。一ッ走り行ってくるから、ちょっとの我慢」

やがてエッちゃんは二斗のお米と鶏四羽、卵をしこたまぶらさげて戻ってきて、旅館の台所へわりこんでチャンコ料理だの焼メシをつくって女中連にも大盤ふるまい。

「わかるかい、サチ子さん、お前をつれて行けなかったわけが。つまりこれだ、チョンマゲだよ。こういう時には、きくんだなア、お相撲が腹がへっちゃア可哀そうだてんで、お百姓はお米をだしてくれる、お巡りさんは見のがしてくれる、これがお前、美人をつれて遊山気分じゃア、同情してくれねえやな。アッハッハ」

「じゃア、チョンマゲの御利益ね」

「まったくだ。因果なものだな」

夕靄にとける油のような海、岬の岸に点々と灯が見える。静かな夕暮れであった。私はおよそ風景を解するたちではないのだが、なんとなく詩人みたいにシンミリして、だらしなく長逗留をつづけることになってしまった。

＊＊＊

私の家には婆やと女中のほかに、ノブ子さんという私の二ツ年下の娘が同居していた。戦争中は同じ会社の事務員だったのだが、戦災で一挙に肉親を失った。久須美の秘書の田代さんというのが、久須美から資本をかりて内職にさるマーケットへ一杯のみ屋をひらくについて、ノブ子さんが根が飲食店の娘で客商売にはあつらえ向きにできてるものだから、表向きはノブ子さんをマダムというように頼んだわけだが、まだ二十、マダムになったときが十九というのだから嘘みたいだけど、実際チャッカリ、堂々と一人前以上に営業しているのである。

思いがけない長逗留で、お金が足りなくなったので、ノブ子さんにたのんで秘密にお金をとどけて貰う手筈をしたが、ノブ子さんは田代さんと同道、温泉までお金をとどけに来てくれた。

田代さんはノブ子さんが好きで、一杯のみ屋のマダムは実は口実で、ていよく二号にと考えてやりだしたことであったが、ノブ子さんも田代さんが好きで表向きは誰の目にも旦那と二号のように見えるが、からだを許したことはない。

久須美の秘書の田代さんが来たものだからエッちゃんが堅くなると、

「イヤ、そのまま、私は天下の闇屋です、ヤツガレ自身が元来これ浮気以外に何事もやらぬ当人なんだから」

実際私は田代さんが来てくれた方が心強かった。なぜなら彼は自ら称する通り性本来闇屋で、久須美の秘書とはいっても実務上の秘書はほかにあって、彼はもっぱら裏面の秘書、久須美の女の始末だの、近ごろでは物資の闇方面、そっちにかけてだけ才腕がある。彼を敵にまわさぬことが私には必要だった。

「これ幸いと一役買っていらっしゃったのね。ノブ子さんと温泉旅行ができるから。もっぱら私にお礼おっしゃい」

「まさにその通りです。ちかごろ飲食店が休業を命ぜられて、ノブちゃんは淫売しなきゃ食えないという窮地に立ち至って、私の有難味が分ったんだな。サービスがやや違ってきたです。そこへこの一件をききこんだから、これ幸いと実は当地においてノブちゃんを懇《ねんごろ》に口説こうというわけです。今日あたりは物になるだろうな。ノブちゃん、どうだい、この情景を目の当り見せつけられちゃア、ここで心境の変化を起してくれなきゃ、私もやりきれねえな」

「ほんとにサチ子さん、すみません。私ひとり、お金をとどけるつもりだったけど、私、一存で田代さんに相談しちゃったのよ。だって心配しちゃったのよ、このまま放っといて、あとあと……」

私もノブ子さんがこうしてくれることを予想していたのであった。

ノブ子さんは表面ひどくガッチリ、チャッカリ、会社にいたころも事務はテキパキやってのけるし、飲み屋をやってからも婆やを手伝いにつけてあるのに、自転車で買いだしにでる、店のお掃除、人手をかりずに一人で万事やる上に、向う三軒両隣、近所の人のぶんまでついでに買いだしてやったり、隣りの店の人が病気でショウバイができず、さりとて寝つけば食べるお金にも困るという、するとノブ子さんは自分の店の方をやめて、隣の店で働いてやるという、女には珍しい心の娘であった。

だから活動的で、表面ガッチリズムの働き者に見えるけれども、実際はもうからない。三角クジだの宝クジだの見向きもしたことがなく、空想性がなく着実そのものだけれども、人の事となると損得忘れてつくしてやって一銭ずつの着実なもうけをとたんにフイにしてしまう。

田代さんはノブ子さんの美貌と活動性とチャッカリズムに目をつけて、大いにお金をもうけるつもりでかかったのに、一向にもうけもなく、おまけにノブ子さんは売上げの一割は手をつけずにおいて、自分の方にもうけがなくとも、この一割だけは田代さんの奥さんへとどけてやる。万事万端意想外で田代さんは呆気にとられたが、この人がまた、金々々、金が欲しくて堪らない、金のためなら何でもするという御人のくせに、御目当の金の蔓、しかし営業不成績をあきらめて、ノブちゃんの純情な性質の方をいたわった。

「しかしノブちゃん、からだぐらい、処女をまもるなんて、つまらねえな、そんなこと。私の女房に悪いから、なんて、ねえ奥さん（彼は私をこうよんだ）人間は本性これ浮気なものだから、かりそめに男を想う、キリスト曰く、これすでに姦淫です。心とからだは同じことだよ。からだだけはなんて、そんな贋物はいけねえな。だから奥さんを見習え、てんだ。奥さんは浮気、からだ、そんなこと、てんで問題にもしていねえ。だからまた、うちのオヤジと奥さんとは浮気の及ばざる別のつながりがありうることになるのだな。ここのところを見なきゃア。からだにこだわったんじゃア、だからノブちゃんは大学生だのチンピラ与太者に崇拝されたりなんかして、そういうクダラナサが分らねえのだから切ないよ。どうしてこう物の道理が分らねえのか、ねえ、奥さん」

田代さんがノブ子さんを私のところへ同居させたのも、なんとかして私の浮気精神をノブ子さんに伝授させたい念願だから、特別私の目の前でせっせと口説くけれども、私は笑って見物、助太刀してあげたことがない。

「奥さん、ノブちゃんの心境を変えるようになんとか助けて下さいな」

「だめ。口説くことだけは独立独歩でなければだめよ」

「友情がねえな、奥さんは。すべてこの紳士淑女には義務があるです。それは何かてえと友の恋をとりもつてえことですよ。私が女をつれて友だちに会う。するてえと、私は友達よりも私の方が偉いように威張り、また、りきむです。これ浮気の特権ですな。したがってまた友だちが女をつれて私の前へ現れたときは、私は彼の下役であり、また鈍物であるが如く彼をもちあげてやるです。これを紳士の教養と称し義務と称する、男女もまた友人たるときは例外なくこの教養、義務の心掛がなきゃ、これ実に淑女紳士の外道だなア。奥さんなんざア、天性これ淑女中の大淑女なんだから、私がいわなくっとも、なんとかして下さるはずなんだと思うんだけどな」

ノブ子さんには大学生が口説いたり附文《つけぶみ》したり、マーケットの相当なアンちゃん連が二三人これも口説いたり附文したり、何々組のダンスパーティなどと称して踊りを知らないノブ子さんを無理につれて行くから、田代さんのヤキモキすること、テゴメにされちゃア、あの連中、やりかねねえから、などと帰ってくるまで落着かない。からだなんざアとか、処女なんて、とかいってるくせに、案外そうでもないらしいから、私がからかってあげる。それは、あなた、だって、なにも、下らなく傷物になることはないからさ、誰だってあなた、好きな人が泥棒強盗式みてえに強姦されたんじゃア、これは寝ざめが悪いや。かほど熱心に口説いているけど、ノブ子さんはウンといわない。けれども田代さんが好きなのである。

私と全然似てもつかないノブ子さんは、私のもろい性質、モウロウたるたよりなさを憐れんで、私よりも年上の姉さんのように心配してくれた。しかし実際は表面強気のノブ子さんが実際は自分の行路に自信がなくて、営業のこと、恋のこと、日常の一々に迷い、ぐらつき、薄氷を踏むようにして心細く生きているのを私は知りぬいており、私は無口だから優しい言葉なんかで、いたわってあげることはないけれども、身寄りのないノブ子さんは私を唯一の力にしてもいた。

「奥さん、しかし、まずかったな。浮気という奴は、やっぱり、誰にも分らないようにやらなきゃダメなものですよ。しかし、ここで短気を起しちゃ、尚いけない。それが一番よくないのだから、何くわぬ顔で帰ること。そして、なんだな、関取と泊った、そこまでは分っているから仕方がないが、一緒に泊ったが、関係はなかった、いいですか、こいつをいい張るのが何よりの大事です。いい張って、いい張りまくる、疑りながらも、やっぱりそうでもねえのかな、と、人間てえものは必ずそう考える動物なんだから、徹頭徹尾、関係はなかった、そういい張っていりゃア、第一御本人までそう思いこんでしまうようなものでさア。分りましたか」

しかし田代さんは私のことよりも自分のことの方が問題なのだ。ノブ子さんは田代さんと同じ部屋へ寝るのが厭だといったのだが、田代さんはさすがにいくらか顔色を変えて、ノブちゃん、そりゃアいけない。そこまで私に恥をかかしちゃいけないよ。旅館へあなた男女二人できて別の部屋へ泊るなんて、そりゃアあなた体裁が悪い、これぐらい羞かしい思いはないよ。同じ部屋へねたって、それは私は口説きますよ、口説きますけど、暴力を揮いやしまいし、そういう信用は持ってくれなきゃ、そこまで私に恥をかかしちゃ、まるで、ノブちゃん、それじゃア私が人格ゼロみたいのものじゃないか。

男たちが温泉につかっているとき、ノブ子さんは私に、

「どうしたらいいかしら。田代さんを怒らしてしまったけど、つらいのよ。寝床の中で口説かれるなんて、第一私男の人に寝顔なんか見せたことないでしょう。寝床の中で口説かれるなんて、そんなこと、私田代さんに惨めな思いさせたり惨めな田代さん見たくないから、許しちゃうかも知れないのよ。そんな許し方したら、あとあと侘しくて、なさけないじゃないの。

そうでしょう。だから、いっそ、私の方から許してしまったら。なんだか、ヤケよ。サチ子さん、どうしたらいいの。教えてちょうだい」

「私には分らないわ。あんまりたよりにならなくて、ノブ子さん、怒らないでね。私はほんとに自分のことも何一つ分らないのよ。いつも成行にまかせるだけ。でも、ほんとに、ノブ子さんの場合は、どうしたらいいのかしら」

「ヤケじゃァいけないでしょう」

「それは、そうね」

その晩の食卓で私は田代さんにいった。

「田代さんほどの人間通でもノブ子さんの気持がお分りにならないのね。ノブ子さんは身寄りがないから、処女が身寄りのようなものなのでしょう。その身寄りまでなくしてしまうとそれからはもう闇の女にでもなるほかに当のないような暗い思いがあるものよ。私のような浮気っぽいモウロウたる女でも、そんな気持がいくらかあるほどですもの、女は男のように生活能力がないから、女にとっては貞操は身寄りみたいなものなんでしょう、なんとなく、暗いものなのよ。ですから、ノブ子さんのただ一つの身寄りを貰うためでしたら、身寄りがなくとも暮せるような生活の基礎が必要でしょう。前途の不安がないだけの生活の保証をつけてあげなくては。口約束じゃアダメ。はっきり現物で示して下さらなくては」

「それは無理ムタイという奴だな奥さん。それはあなたは、あなたの彼氏は天下のお金持だから、だけど、あなた、天下無数の男という男の多くは全然お金持ではないのだからな。処女というものを芸者の水揚げの取引みたいに、それは、あなた、むしろ処女の侮辱だな。むろん、あなた、私はノブちゃんを大事にしますよ。今、現に、私がノブちゃんを遇する如くに、です。それ以外に、あなた、水揚料はひでえな」

「水揚料になるのかしら。それだったら、私もタダだったわ」

「それ御覧なさい。それはあなた、処女は本来タダですよ」

「私の母が私の処女を売り物にするつもりだったから、私反抗しちゃったのよ。でも、今にして思えば、もし女に身寄りがなかったら、処女が資本かも知れなくってよ。だって芸者は水揚げしてそれから芸者になるのでしょう。私の場合は、処女というヨリドコロを失うと闇の女になりかねない不安やもろさや暗さに就ていうのです。ですから処女をまもるのは生活の地盤をまもるのよ」

「かつて見ざる鋭鋒だな。奥さんが処女について弁護に及ぶとは、女は共同戦線をはるてえと平然として自己を裏切るからかなわねえなア。共同の目的のためというのはストライキの原則だけど、己を虚しうし、己を裏切るてえのは、そんなストライキはねえや。それはあなた、処女が身寄りのようなものだてえノブちゃんの心細さは分りますとも。けれどもそんな心細さはつまりセンチメンタリズムてえもので、根は有害無益なる妖怪じみた感情なんだなア。処女ひとつに女の純潔をかけるから、処女を失うてえと全ての純潔を失ってしまう。だから闇の女になるですよ。けれどもあなた純潔なるものはそんなチャチなものじゃない。魂に属するものです。私は思うに日本の女房てえものは処女の純潔なる誤れる思想によって生みなされた妖怪的性格なんだなア。もう純潔がないのだから、これ実に妖怪にして悪鬼です。金銭の奴隷にして子育ての虫なんだな。からだなんざアどうだって、亭主の五人十人取りかえたって、純潔てえものを魂に持ってなきゃア、ダメですよ。そこへいくとサチ子夫人の如きは天性てんでからだなんか問題にしていない人なんだから、そしてあなた愛情が感謝で物質に換算できるてえのだから、自ら称して愛情による職業婦人だというのだから、これは天晴れ、胸のすくような淑女なんだな。そのあなたが、こともあろうに、いけません、同情ストライキ、それはいけない。あなたはあなたでなきゃアいけない。関取、そうじゃないか、サチ子夫人がかりそめにも浮気の大精神を忘れて、処女の美徳をたたえるに至っては、拙者はあなた、こんなところへワザワザ後始末に来やしませんや。私はあなたサチ子夫人を全面的に尊敬讃美しその性向行動を全面的に認める故に犬馬の労を惜しまぬのです。かかる熱誠あふるる忠良の臣民を歎かせちゃアいけねえなア」

田代さんの執念があまり激しすぎるので、楽な気持になれない。私だったらノブ子さんとは違った意味で許す気持にならないけれども、ノブ子さんは田代さんを愛しもし尊敬もしているのだから、処女ぐらいに、ああまでエコジに守るのが私には分らない。私は実際は、こんなこと、ただうるさいのだ。

その夜、田代さんたちが別室へ去ってから、

「え、サチ子さん。ノブ子さんは可哀そうじゃねえのかな」

「なぜ」

「だってムッツリ、ショボンリ、考えこんでいたぜ。イヤなんだろう」

「仕方がないわ。あれぐらいのこと。いろいろなことがあるものよ、女が一人でいれば」

「ふーん。いろいろなことって、どんなこと」

「いろんな人が、いろんなふうに口説くでしょう」

「そういうものかなア。僕なんざ、めったに口説いたことも口説かれたこともないんだがな。だけど、あれぐらいムッツリと思いつめて考えてるんじゃア」

「あなただって私をずいぶん悩ましたじゃないの」

「なるほど、そうか。そして結局こんなふうになるわけか」

「罰が当るって、なによ」

「なんだい？　罰が当るって」

「いつか、あなた、いったでしょう。オメカケが浮気してロクなことがあったタメシがないんだって。罰が当るんだって。罰が当るって、どんなこと？」

「そんなことをいったかしら。覚えがねえな。だって、お前、お前は別だ」

「なぜ。私もオメカケの浮気ですもの」

「お前は浮気じゃないからな。心がやさしすぎるんだ」

「たいがいのオメカケがそうじゃないの？」

「もう、かんべんしてくれ。僕はしかし、お前を苦しめちゃアいけねえから、フッツリ諦めよう。これからはもう相撲いちずにガムシャラにやってやれ。しかし、お前のことを思いださずに、そんなことができるかな」

「私は思いださない」

「僕がもうそんなに何でもないのか」

「思いだしたって、仕方がないでしょう。私は思いだすのが、きらい」

「お前という人は、私には分らないな」

「あなたはなぜ諦めたの？」

「だってお前、僕は貧乏なウダツのあがらねえ下ッパ相撲だからな。お前は遊び好きの金のかかる女だから」

「諦められる」

「仕方がねえさ」

「諦められるなら、大したことないのでしょう。むろん、私も、そう。だから、私は、忘れる」

「そういうものかなア」

「つまらないわね」

「何がさ」

「こんなことが」

「まったくだな。味気ねえな。僕はもう生きるのも面倒なんだ」

「そんなことじゃアないのよ。私は生きてることは好きよ。面白そうじゃないの。また、なにか、思いがけないようなことが始まりそうだから。私は、ただ、こんなことがイヤなのよ」

「こんなことって？」

「こんなことよ」

「だから」

「しめっぽいじゃないの。ない方が清潔じゃないの。息苦しいじゃないの。

なぜ、あるの。なければならないの。なくて、すまないことなの？」

エッちゃんは答えなかったが、ノッソリ起きて、閉じられた雨戸をあけて庭下駄を突ッかけて外へでて行った。闇夜なのだか月夜なのだか、私は外のことなど見も考えもしなかったが、エッちゃんは程へて戻ってきて私の胸の上へ大きな両手をグイとついた。力をいれたわけではないのだろうけど、私はウッと目を白黒させたまま虚脱のてい、エッちゃんは私の肩にグイと手をかけて掴み起して、

「オイ、死のう。死んでくれ」

「いや」

「もう、いけねえ、そうはいわせねえから」

私はいきなり軽々と掴みあげられ、担がれてしまった。私はやにわに失神状態で、何の抵抗もなくヒョイと肩へ乗せられてしまったが、首ったま

にかじりつくと、何だかわけの分らないような一念が起って、

「いいの、私は悲鳴をあげるから、人殺しッて叫ぶから、それでもいいの」

雨戸を押しひろげるためにガタガタやるうち片手を長押にかけて、

「我を通すのは卑怯じゃないの。私は死ぬことは嫌いよ。そんな強要できて？　死にたかったら、なぜ、一人で死なないの」

エッちゃんは、やがて蒸気のような呻き声をたてて、私を雨戸の旁へ降して、庭下駄はいて外の闇へ歩き去った。私は声をかけなかった。

私は眠るときでも電燈を消すことのできない生れつきであった。戦争中でも豆電球をつけなければ眠られぬたちで、私は戦争で最も嫌いなのは暗闇であった。光が失われると、何も見えないからイヤだ。夜中に目がさめて電燈が消えていると、死んだのか、と慌てる始末であった。私はつまり並外れて死ぬことを怖がるたちなのだろう。

九二

五分ぐらいすぎて、私は次第に怖しくなった。外には何の気配もなかった。ノブ子さんの部屋へ行くと二人はまだ眠らずにいたが、事情を話してノブ子さんの布団の中でねむらせてもらうことにした。

「じゃア関取はまだ戻らないんですね」

「ええ」

「自殺でもしたのかな」

「どうだか」

「うむ、どうでもいいさ」

田代さんはノブ子さんを相手に持参のウイスキーを飲みはじめたが、私は先に眠ってしまった。痺れるように、すぐ眠った。

＊＊＊

夏がきて、私たちは海岸の街道筋の高台の旅館で暮した。借りた離れは湯殿もついて五間の独立した一棟で、久須美と田代さんは殆どここから東京へ通い、私とノブ子さんは昼は海水浴をたのしんだ。

私は毎日七時半頃目がさめる。食事して、久須美を送りだすのが九時ころ、それから寝ころんで雑誌を三四頁よむうちに眠くなり、うとうとして十一時か十一時半ころ目がさめる。昼の食慾は殆どない。ときどき、無性にアイスクリームが欲しい、サイダーが欲しい、冷めたいコーヒーが欲しい。うたたねの夢にそれを見ていることもある。中食後海へ行き四時ごろ帰ってきて風呂にはいり、ついでに洗濯物をしたり、それから寝ころんで雑誌をよみだすと、また、うとうととねむってしまう。久須美が帰ってきて、その気配でたいがい目がさめる。夕方になっている。海がたそがれ、暮れようとしている。私は海をしばらく見ている。久須美が電燈をつけると、もうちょっと、あかりをつけないで、という。しばらくして、もうつけていいわ、という。私は顔を洗い、からだをふき、お化粧を直し、着物を着かえて、食卓に向う。あかるい灯と、食卓いっぱいの御馳走が私の心を安心させ、ふるさとへ帰ったような落着きを与えてくれる。私はオチョウシを執りあげて久須美にさし、田代さんにさす。私は私がたべるよりも、人々がたべ、また、私が話すよりも、人々の話のはずむのがたのしい。

私はこのごろ時々よけいなことを喋るのでイヤになることがある。物を貰ったりすると、ありがとうございます、などといったりする。以前はニッコリするだけだった。季節に珍しい物を貰うと、今ごろ珍しいわね、などと自然に喋っていたり、それだけなら私は別に喋るのがイヤではないけれども、好ましくないものを貰うと、ありがとう、というけれども、そしてニッコリしているけれども、ずいぶん冷淡な声なのである。私の母は嬉しいものを貰うと大喜びをするけれども、無関心ないただき物には、ソッポを向くような調子であった。子供心にそれが下品に卑しく見えて、母の無智無教養ということを呪っていた。以前の私はいつもニッコリ笑うだけだからよかったけれども、近ごろは有難うなぞと余計なことを自然にいうようになったから、ありがとうございます、といったり、ありがとう、といったり、言葉や声に自然の区別があって、なければ余程マシなような冷淡な声をだしたりするから、ふと母の物慾、その厭らしさを思いだしてゾッとするのだ。

私は自分で好きなものを見立てて買い物をするよりも、好きな人が私の柄にあうものを見立てて買ってきてくれるのが好きだった。一緒に買い物にでて、あれにしようか、これにしようか、一々私に相談されるのはイヤ、自分でこれときめて、押しつけてくれる方がうれしい。着物や装身具や所持品は私の世界だから、私自身が自分で選ぶと自分の限定をはみだすことができないけれども、人が見立ててくれると新しい発見、創造があり、私は新鮮な、私の思いもよらない私の趣味を発見して、新しい自分の世界がまた一つ生れたように嬉しくなる。

久須美はそういう私の気質を知っていた。彼の買い物の選択はすぐれていて、その選択の相談相手は田代さんであった。私は私の洋服まで、私が柄や型を選ぶよりも、久須美にしてもらう方が好ましい。洋装店にからだの寸法がひかえてあるから、思いがけない衣裳がとどいて、私はうっとりしてしまう。田代さんやノブ子さんのいる前ですら、私は歓声をあげて自然に久須美にとびついてしまう。

私は朝目がさめて久須美を送りだすまでの衣裳と、昼の衣裳と、夜の衣裳と、外出しなくとも、いつも衣裳をかえなければ生きた気持になれなかった。うとうとと昼寝の時でも気に入りの衣裳をつけていなければ安心していられなかった。美しい靴を買ってもらうと、それをはいて歩きたいばかりに、雨の降る日でも我慢ができずに一廻り散歩にでかけずにいられなくなる。まして衣裳類はむろんのこと、帽子でもハンドバッグ一つでも、その都度一々私は意味もなく街を歩いてくるのであった。映画や芝居の見物よりも私にとって最もうれしい外出はその散策で、私は満足した衣裳を身にまとうとき、何より生きがいを感じることができた。

私はその生きがいを与えてくれる久須美に対してどのように感謝を表現したらいいか、そのことで最も心を悩ました。私の浮気もいわば私の衣裳のよろこびと同じ性質のもので、だから私が浮気について心を悩ますのは帽子や衣裳や靴と違って先方に意志や執念があることであり、浮気自体にうしろめたさを覚えたことはなかったが、私はこの浜で、大学生やヨタモノみたいな人や闇屋渡世の紳士やその他お茶によばれたり散歩やダンスに誘われたが、私はいつも首を横にふってことわった。そのとき私はそんなことをしては久須美に悪いと考えた。そして浮気をしないのが、久須美に対する感謝の一つの表現だと考えた。その考えはなんとなく世帯じみたようでイヤであった。私は母に義理人情をいわれるたびに不快と反抗を感じ、母の無智を憎んだけれども、私もおのずから世帯じみて自然のうちに義理人情の人形みたいに動くようになっているのが不快であり、私はまた、母の姿を見出して時々苦しかった。

私はしかし浮気は退屈千万なものだということを知っていた。しかし、退屈というものが、相当に魅力あるものであり、人生はたかがそれぐらいのものだとも思っていた。私は久須美が痩せているくせに肩幅がひろくそこの骨がひどくガッシリしており肋骨が一つ一つハッキリ段々になっている、腰の骨がとびだし、お尻の肉が握り拳ぐらいに小さく、膝の骨だけとびだして股の肉がそがれたように細くすぼまり脛には全くふくらみというものが失われてガサガサした棒になっている、その六尺の長い骨格を上から下、下から上、そんなものをぼんやり眺めていても、私は一日、飽かずくらしていられる。時にはそれが人体であり肋骨の段々であることも忘れて、楽器と遊ぶように指先で骨と凹みをついたり撫でたり遊んでいる。私はまた、ねころびながら小さな鏡に私の顔をうつして眺めて、歯や舌や喉や、肩やお乳など眺めていても、一日を暮すことができる。私は退屈というものが、いわば一つのなつかしい景色に見える。箱根の山、蘆の湖、乙女峠、いったい景色は美しいものだろうか。もし景色が美しければ、私には、それは退屈が美しいのだ、と思われる。私の心の中には景色をうつす美しい湖、退屈という湖があり、退屈という山があり、退屈という森林があり、乙女峠に立つときには乙女峠という景色で、蘆の湖を見るときは蘆の湖の姿で、私は私の心の退屈を仮の景色にうつしだして見つめているように思いつく。

「私の可愛いいオジイサン、サンタクロース」

私は久須美の白髪をいじりいたわりつつ、そういう。しかし、また、

「私の可愛いい子供、可愛いいアイスクリーム、可愛いいチッちゃな白い靴」

久須美は疲れてグッスリねむった。しかし五六時間で目がさめて、起きてぼんやり私の寝顔を眺めており、夜がしらじら明けると、雨戸をあけて、海を眺めている。私はしかし、どうしてこんなに眠ることができるのだろう。いつでも、いくらでも、私は殆ど無限に眠ることができるような気が

した。ふと目をさます。久須美が起きて私をぼんやり見つめている。私は無意識に腕を差しだしてニッコリ笑う。久須美は呆れたように、しかし目をいくらか輝かせて、静かに一つ、うなずく。

「何を考えているの？」

彼は答える代りに、私の額や眼蓋のふちの汗をふいてくれたり、時には襟へ布団をかぶせてくれたり、ただ黙って私を見つめていたりした。

私がノブ子さん田代さんに迎えられエッちゃんと別れて温泉から帰ってきたとき、私は汽車の中で発熱して、東京へ戻ると数日寝ついてしまった。見舞いにきた登美子さんはあなたのからだは魔法的ね、いい訳に苦しむ時には都合よく熱まででるように、九度八分ぐらいの熱まで調節できるんだからな、天性の妖婦なのね、などと私の枕元でズケズケいうのだが、私はいい訳に苦しむ気持などは至って乏しくて、第一私はいい訳に苦しむよりも病気の方がもっと嫌いなのだもの、誰が調節して九度八分の熱をだすものですか。しかし、私が熱のあいまにふと目ざめると、いつも久須美が枕元に、私の氷嚢をとりかえてくれたり、汗をふいてくれたり、私は深い安堵、それはいい訳を逃れた安堵ではなくて心の奥の孤独の鬼と闘い私をまもってくれる力を見出すことの安堵、私が無言で私の二つの腕を差しのばすと、彼はコックリうなずいて、苦しくないか？　彼の目には特別の光も感情も何一つきわだつものの翳もないのに、どうして私の心にふかく溶けるように沁みてくるのだろうか。私が彼の手を握って、ごめんね、というと、彼の目はやっぱり特別の翳の動きは見られないのに、私はただ大きな安堵、生きているというそのこと自体の自覚のようなひろびろとした落着きに酔い痴れることができた。

そのくせ彼はこの海岸の旅館へきて、急に思いついたように、

「墨田川が好きで忘れられないなら、私が結婚させてあげる。相当のお金もつけてあげるよ」

「そんなことを、なぜいうの」

「好きじゃないのか？」

「好きじゃない。もう、きらい」

「もう嫌いというのが、わからないな」

「ほんとです。もう苦しめないで。私は浮気なんか、全然たのしくないのです」

「だがな、私のような年寄が。私なら、君のようにいうことができる。しかし君のような若い娘がそんなふうにいうことを私は信じてはいけないと思うのだよ。私は君が本当に好きだから、私は君の幸福をいのらずにいられない。私のようなものに束縛される君が可哀そうになるのだよ」

「あなたの仰有ることの方が私にはわからないわ。好きだから、ほかの人と結婚しろなんて、嘘でしょう。ほんとは私がうるさくなったのでしょう」

「そうじゃない。いつか君が病気になったことがあった。君は気がつかなかったが、君は眠ると寝汗をかく、そのうちに、目のふちに薄い隈がかかってきたが、ねむるとハッキリするけれども目をひらくと分らなくなるので、君は気がつかなかったんだな。いくらか目のふちがむくんでもいた。その寝顔を眺めながら、私はそのとき心の中でもう肺病と即断したものだから、君が病み衰えて痩せ細って息をひきとる姿を思い描いて、それを見るぐらいなら私が先に死にたいと考え耽っていたものだった。私自身はもう私の死をさのみ怖れてはいない。それはもう身近かに迫っていることでもあるから、私は死をひとつの散歩と思うぐらい、かなり親しい友達にすらなっているのだ。しかし、君は違う。私のような年配になると、人間世界を若さの世界、年寄の世界、二つにハッキリ区別する年齢的な思想が生れる。私自身若かったころは殆ども う若々しいところがなくて孤独癖、ときには厭人癖、まことにひねこびた生き方をしており、私に限らずなべて若者の世界も心中概ね暗澹たるもののように察しているが、私はしかしある年齢の本能によって限りなく若さをなつかしむ。慈しむ。若さは幸福でなければならないと思う。若者は死んではならぬ。ただ若さというものに対してすでにそのような本能をもつ私が、私の最愛の若い娘に対して、どのような祈りをもっているか、その人の幸福のために私自身の幸福をきり放して考えることが微塵も不自然でないか……」

久須美は私のために妻も娘も息子もすてたようなものだった。なぜなら彼は、もはや自宅ではなしに私たちの海岸の旅館へ泊りそこから東京へ通っているのだから。人々はそのような私たちをどんな風にいうだろう?

私が久須美をだましたというだろうか。恋に盲いた年寄のあさましい執念狂気を思い描くことだろう。

私はしかしそんなことはなんとも思っていない。息子や娘にとって、親なんか、なんでもないではないか。そして親が恋をしたって、それはやむを得ぬこと、なんでもないことだと私は思う。久須美もそんなことは気にしていなかった。私は知っている。彼は恋に盲いる先に孤独に盲いている。だから恋に盲いることなど、できやしない。彼は年老い涙腺までネジがゆるんで、よく涙をこぼす。笑っても涙をこぼす。しかし彼がある感動によって涙をこぼすとき、彼は私のためでなしに、人間の定めのために涙をこぼす。彼のような魂の孤独な人は人生を観念の上で見ており、自分の今いる現実すらも、観念的にしか把握できず、私を愛しながらも、私をでなく、何か最愛の女、そういう観念を立てて、それから私を現実をとらえているようなものであった。

私はだから知っている。彼の魂は孤独だから、彼の魂は冷酷なのだ。彼はもし私よりも可愛いい愛人ができれば、私を冷めたく忘れるだろう。そういう魂は、しかし、人を冷めたく見放す先に自分が見放されているもので、彼は地獄の罰を受けている、ただ彼は地獄を憎まず、地獄を愛しているから、彼は私の幸福のために、私を人と結婚させ、自分が孤独に立去ることをそれもよかろう元々人間はそんなものだというぐらいに考えられる鬼であった。

しかし別にも一つの理由があるはずであった。彼ほど孤独で冷めたく我人ともに突放している人間でも、私に逃げられることが不安なのだ。そして私が他日私の意志で逃げることを怖れるあまり、それぐらいなら自分の意志で私を逃がした方が満足していられると考える。鬼は自分勝手、わがまま千万、途方もない甘ちゃんだった。そしてそんなことができるのも、彼は私を、現実をほんとに愛しているのじゃなくて、彼の観念の生活の中の私は、ていのよいオモチャの一つであるにすぎないせいでもあった。

田代さんはこの旅館へきてノブ子さんと襖を距てて生活して、いまだに目的を達することができずにいた。田代さんは三日目ぐらいに自宅へ泊る習慣で、その翌日は、きのうは私の奥さんを可愛がってやってきました、などとことさら吹聴したが、田代さんの通人哲学、浮気哲学はヒビがはいっているようだ。田代さんは人間通で男女道、金銭道、慾望道の大達人の如くだけれども、田代さんはこれまで芸者だの商売女ばかりを相手にして娘などは知らないのだから、私みたいな性本来モウロウたるオメカケ型の女ででもなければ自分の方から身をまかせるように持ちかける女などはめったにないことを御存知ないのだ。女はどんな好きな人にでも、からだだけは厭だという、厭ではなくても厭だという、身をまかせたくて仕方がなくとも厭だといって無理にされると抵抗するような本能があり、私でもやっぱり同じ本能があって、私はしかしそれを意識的に抑えただけのことで、私はそんな本能はつまらないものだと思っている。女は恋人に暴行されたいのだ。男はその契りのはじめにおいて暴行によって愛人のからだと感謝を受ける特権があるということ、田代さんは相談ずくの商売女しか御存知ないから、それに田代さんは通人、いわゆる花柳地型の粋人だから、ずいぶん浮気性だけれども、愛人が厭だといい抵抗するのを暴行強姦するなんてそんなことはやるべからざる外道だと思っている。そして十年一日の如くノブ子さんを口説きつづけているのだけれども、たぶん暴行によらない限り二人の恋路はどうすることもできないのだろう。私はバカバカしいから教えてあげない。そして時々ふきだしそうになるけれども、田代さんはシンミリして、「いったいノブちゃん、君は肉体的な欲求というものを感じないのかなア。二十にもなって、バカバカしいじゃないか」

そしてムッツリ沈黙しているノブ子さんを内心は聖処女ぐらいに尊敬し、そしてともかくノブ子さんの精神的尊敬を得ていることを内心得意に満足していた。

けれどもノブ子さんは肉体的欲求などは事実において少いのだから、別なことで苦しんでいる様子であったが、それは営々と働いて、自分の生活はきりつめて倹約しながら、人のために損をする、それを金々、金銭の奴隷のようなことをいう田代さんが、いいのだよノブちゃん、それでいいのだ、という。しかし実際それでいいのか、自分の生活をきりつめてまでの所得を浪費して、そして人を助けて果して善行というのだろうか、疑ぐっているのであった。

ノブ子さんはともかく田代さんや私たちがついているから損をしても平

気だけれども、独立したら、こんな風でやって行けるかと考えて苦しんでいるので、実行派のガッチリ家、現実家だから、その懊悩は真剣であった。

「女が自分で商売するなんて、サチ子さん、まちがってるんじゃないかしら。私、このまま商売をつづけて行くと、人に親切なんかできなくなって、金銭の悪魔になるわよ。そうしなきゃ、やって行けないわよ」

「そうね」

私は生返事しかできないのである。ノブ子さんの懊悩は真剣で、実際その懊悩通りに金銭の悪鬼になりかねないところがあったが、私はしかしノブ子さんその人でなしに、その人の陰にいる田代さんのガッチリズムの現実家、ころんでもタダは起きないくせに、実は底ぬけの甘さ加減がおかしくて仕方がないのだ。人生はままならねエもんだなア、と田代さんはいうけれども、私もそれは同感だけれども、田代さんが感じる如くにままならネエかどうか、田代さんは人間はみんな浮気の虫、金銭の虫、我利の虫だといいきるくせに、その実ノブ子さんを内々は聖処女、我利我利ズムのあべこべの珍しい気象の娘だなどと、なんてまたツジツマの合わない甘ったれた人なんだか私はハリアイがぬけてしまう。

私は野たれ死をするだろうと考える。まぬかれがたい宿命のように考える。私は戦災のあとの国民学校の避難所風景を考え、あんな風な汚ならしい赤鬼青鬼のゴチャゴチャしたなかで野たれ死ぬなら、あれが死に場所というのなら、私はあそこでいつか野たれ死をしてもいい。私がムシロにくるまって死にかけているとき青鬼赤鬼が夜這いにきて鬼にだかれて死ぬかも知れない。私はしかし、人の誰もいないところ、曠野、くらやみの焼跡みたいなところ、人ッ子一人いない深夜に細々と死ぬのだったら、いったいどうしたらいいだろうか、私はとてもその寂寥には堪えられないのだ。私は青鬼赤鬼とでも一緒にいたい、どんな時にでも鬼でも化け物でも男でさえあれば誰でも私は勢いっぱい媚びて、そして私は媚びながら死にたい。

わがままいっぱい、人々が米もたべられずオカユもたべられず、豆だの雑穀を細々たべているとき、私は鶏もチーズもカステラも食べあきて、二万円三万円の夜服をつくってもらって、しかし私がモウロウと、ふと思うことが、ただ死、野たれ死、私はほんとにただそれだけしか考えないようなものだった。

私は虫の音や尺八は嫌いだ。あんな音をきくと私はねむれなくなり、ガチャガチャうるさいトロットなどのジャズバンドの陰なら私は安心してねむくなるたちであった。

「まだ眠むっちゃ、いや」

「なぜ」

「私が、まだ、ねむれないのですもの」

久須美は我慢して、起きあがる。もうこらえ性がなくて、横になると眠るから、起きて坐って私の顔を見ているけれども、やがて、コクリコクリやりだす。私は腕をのばして彼の膝をゆさぶる。びっくりして目をさます。そして私がニッコリ下から彼を見上げて笑っているのを見出す。

私は彼がうたたねを乱される苦しさよりも、そのとき見出す私のニッコリした顔が彼の心を充たしていることを知っている。

「まだ、ねむれないのか」

私は頷く。

「私はどれぐらいウトウトしたのかな」

「二十分ぐらい」

「二十分か。二分かと思ったがなア。君は何を考えていたね」

「何も考えていない」

「何か考えたろう」

「ただ見ていた」

「何を」

「あなたを」

彼は再びコクリコクリやりだす。私はそれをただ見ている。彼はいつ目覚めても私のニッコリ笑っている顔だけしか見ることができないだろう。なぜなら、私はただニッコリ笑いながら、彼を見つめているだけなのだから。

このまま、どこへでも、行くがいい。私は知らない。地獄へでも。私の男がやがて赤鬼青鬼でも、私はやっぱり媚をふくめていつもニッコリその顔を見つめているだけだろう。私はだんだん考えることがなくなって行く、頭がカラになって行く、ただ見つめ、媚をふくめてニッコリ見つめている、私はそれすらも意識することが少くなって行く。

「秋になったら、旅行しよう」

「ええ」

「どこへ行く？」

「どこへでも」

「たよりない返事だな」

「知らないのですもの。びっくりするところへつれて行ってね」

彼は頷く。そしてまたコクリコクリやりだす。

私は谷川で青鬼の虎の皮のフンドシを洗っている。私はフンドシを干すのを忘れて、谷川のふちで眠ってしまう。青鬼が私をゆさぶる。私は目をさましてニッコリする。カッコウだのホトトギスだの山鳩がないている。

私はそんなものよりも青鬼の調子外れの胴間声が好きだ。私はニッコリして彼に腕をさしだすだろう。すべてが、なんて退屈だろう。しかし、なぜ、こんなに、なつかしいのだろう。

青鬼の褌を洗う女

二〇二四年六月三〇日　第一刷発行

著者　坂口　安吾

発行者　よはく舎　東京都府中市片町二ノ二一ノ九

Printed in Japan　ISBN 978-4-910327-16-7

編　集　小林えみ

「坂口安吾全集　05」筑摩書房一九九八年を底本に、ルビのみ調整

企画「戦争と人間、孤独」集　全3冊

一、坂口安吾『青鬼の褌を洗う女』

二、三木　清『人生論ノート』

三、小林えみ『孤独について』